詩人と母

田原
Tian Yuan
松崎義行
Yoshiyuki Matsuzaki

みらい
PUBLISHING

詩人と母

田原（ティエン・ユアン）
松崎義行

目次

苦しみを消す詩

―最後の時を苦しみなく過ごせるように願って

松崎義行

母を悼む

田原（ティエン・ユアン）

苦しみを消す詩

―最期の時を苦しみなく過ごせるように願って

松崎義行

消えゆく人へ

苦しみだと思っていたものは
ただの呼吸だった
喉を焼くわけでもなく
肺を破裂させるわけでもない
ただの普通のイトナミだった
苦しみが続いていると思っていたけれど

考えてみれば
それは新しい局面を切り開いていく
生きることの鼓動だった

苦しみはなかった

宇宙のパルスを受け取って
体が同調しているだけだった

永遠に続くものは苦しみではなく
死と分かたれた命の躍動だった

苦しみだと思ったのは
センサーの誤作動だった

不慣れゆえの間違いだった

苦しみはない
苦しみはそこにはない
自分をいたわっても
他人を慮っても
苦しみが消えなかったのは
もともと苦しみがなかったせいだ

あったのは
あなたを苦しめるものではなかった
あなたが求めることを躊躇《ためら》っているものだった
いまさら求める必要もなくなったものだった

だから
あなたはそれを無視して構わない
窓から降り注ぐ柔らかな日差しの香りを
浴びていればいい

たとえば
自分が生み出したものの数々
作り出した楽園の数々を
窓辺に並べてみるといい

誰にもみえなくても
たしかにそこにある　と
ぼくは知っているから

ベッドの上で

朝になると明かりが満ちている窓がなければ
空があることに気づけなかったかもしれない
あなたは病室の窓のそばのベッドにそうして長い間
横たわって
もう二度と立ち上がることは
ないだろう

テレビの横には花屋がアレンジした

季節の切り花が飾ってあり
微かに部屋の空気に湿り気と香りを放出している
干からびゆくもの同士の会話は
静かだ

命に繋がれた生き物たちは
やがて命の震えにもどっていって
肩を寄せ合うのだろうか

窓から差し込む明るすぎる光に
虹のハレーションが舞って空気をきれいにしていく

満ちた時間は
きのうとあしたときょうの

順序をないがしろにしてくるけれど
私たちは
誰もが死に向かって進んでいるはずだから
いままでどおりの「自信」を持っていていい

方位磁石が狂っていくように感じられるのは
打ち寄せるめまいのせいだ
この世界にはめまいの岸辺がいくつかある

岸辺でそのときがくるのをまっている

凪《なぎ》にのみこまれ
月の灯に乾かされて
滑やかな化石になるそのときを

＊

もうことばを
脳がわかるように翻訳することも
意味のないことかもしれない
けれど
そうでないかもしれない　2020/11/16

果てしない道

この果てしのない道にも果てはあるのだ
この道と呼ぶものは道ではなかったのだ
吹き荒ぶ冷たい風が生まれる場所はもう温んでいるのだ
どこかに疲れと痛みを感じるがそれは自分ではないのだ

自分がしてきたことは静かに浮かぶ花の船になったのだ
争いはなかったことになり慈しみが溢れているのだ
見てきたものが風景になり季節が巡り始めるのだ
始まりのような終わりが風にキラキラと舞い立ち

皆それを見上げるのだ

刻む

遠い山並みを刻む電柱
絵の中で干からびてゆくりんご
どこにいってしまったか
分からない
あのひとからの
戴き物

いつから何が
変わったのか

なくなったのか

まいにち
きっかけはやってくるけど
なんのきっかけなのか
聞く相手が
いない

死に
向かっていく命
訳もなく
再生を信じる
私の心

窓枠の中で
影のような鳥が
冬の冷たい空を
切り裂いて
別の傷口から夕日が
滲んできた

目がくらむこの世の出来事
音を消して
目を閉じて
愛でてみるのはどうか

声を漏らしたら
怖いひとに見つかってしまうから

喉の周りで
転がしている

*

ばいたるかわりなし
酸素98%　2020/12/27

意味

ことばに意味はない
文字に刻まれているものも
意味ではない
心はことばと仲違いしどおし

意味は大事ではない
大事だと思っていたことに
意味はない
意味がないこともまた

大事ではない

大事ではないものたちは
取り巻かれて
喉をつまらせて
開け放たれて乾かされて
死が始まる

何かが
終わるということはない
終わるということは
終わりがなくなるということ

そして

死は何かを分かつのではなく
つなぐ
つぎつぎと
つないでいく
死によって分かたれたものはないのに
死によってつながれたものは
列をなしている

どこをほっつき歩いても
意味がないという意味の樹林は
幾星霜放置され
そこに突風が吹きカラカラと葉が舞う
この世のどこにだって
あの世のどこにだって

満たされる気配はない

区切りが気配の前線を送ってきて
区切ることができるものたちは
もう立ってもいられない

＊

きょうはなんだか最後の日のようで幸せです。
本当の最後の日も、 幸せな気分だといいな。 2020/12/12

漉し器

その漉《こ》し器で漉すと
取り出したいものが残る
そんな作業を何度も繰り返してきたが
残ったものを使おうとするのは初めてだ
だから使い方がよく分からない
本当は分かっているが
誰かに訊いてみなければいけない

何を漉したのか

とんでもないものを漉してしまったのだ　たぶん
月の出ない夜に
何かと引き換えに

母からもらった大事な
十色のビー玉の入った四角い金色の醤油缶を空っぽにした時のように
宝物を平気で投げ出してしまうのだ

繰り返しやってくる
悪意に染められた鬼
その寓話的鬼を退治することはできない
自分が退治されないうちには

自分

人はだれでも一番なりたくない自分になってしまう
人生でしたことはほとんど後悔だとしかいえないが
「してもらったこと」は身に余りある祝福に満ちている

ありがとうとごめんなさいを同時に言えたなら
罪深さはほぼ打ち消されるだろうが
何が残るのか

頼りない一本の痩せた道

そこをただ当てどなく
命を抱えて歩いていく自分

電話

死んでしまった人に
電話をかける
呼び出し音の向こうに
死んでしまった人がいる

話す言葉を口の中で練習する
こんにちは　元気ですか
また会いたいですね
いま何が見えますか

いろいろありがとう

呼び出し音の合間に
あなたが電話を取る気配がする

もしもし
もしもし

雪がちらつきだした
心をいい当てる
比喩のような風景
実際には雪は夜明けから降っていた
積もっていたのだ

白装束の雪は
いつか消えるだろう
すべてを水に流すだろう
見えない何かが残る

死の谷

死の谷は孤独な場所
誰もが行かなくてはならない
通り過ぎるだけにしても

手に杖
杖にお守り
カバンには財布とメモ帳
お出かけの必需品

いつもと違うのは
手紙と身内の写真を持っていること
それに
捨てられずにいたゴミのようなものなど

せめて精一杯のよそ行きの服装で行く

もうこのカバンだって
住んでいた家からも町からも解き放たれ
戻ることはない
その手からも離れて行くだろう

振り返ってもいいことはない　と
知らされているから

わざとおどけたステップで
歩いて行くのがいい
足音を大きく死の谷に響かせ
嬉しかったことだけ
思い出しながら

命のエネルギー

エネルギー保存の法則というのは
人のタマシイやカラダにもあてはまるのだろうか
二〇二一年一月九日
脈が薄くなって片方の手が冷たくなり
妹から電話がかかってきた

カラダは熱を発しなくなり
だんだんと冷えていった
もうこのカラダは

タマシイと別れたのだろう
相思相愛だったかどうかは分からない
カラダは最近タマシイにつらい思いをさせていたように見える
でもタマシイがカラダにすがっていたのかもしれない
いや
カラダがタマシイを引き止めていたのか
あるいは互いに離れたくなかったのか

どちらにしても
「人の世に別れはつきもの」と割り切ってみると
長年というべきか　つまり一生ということだが
両者はつれそって満足だったと思っても良いかもしれない
それは居残ったものの勝手

そして
いよいよ別れを告げ円満に死が整った
タマシイはどこに保存されたのか

屍は火葬され骨になり壺に納められたが
タマシイはまさかその骨には未練はないだろうし
愛着は多少あっても
もっといいものと寄り添って浮遊しているだろう

カラダをカラダにしていたエネルギーはもう熱と煙になって
散ってしまった
タマシイはどこにいったのだろう

生きる目的が

生命を継ぐことだったとしたら
また生き延びる知恵や情報の伝達だったとしたら
タマシイの一部はあとに残ったものの中に
保存されたのか

母の一生は八十二年と四日
最後は入退院を繰り返し
新型コロナ感染症流行の影響で
家族と会うこともできず
パーキンソン病がすすみ
食べ物を食べることも
飲み物を飲むことも
話をすることもできなくなっていた

そして療養病院に移って
月曜から金曜日まで毎日三十分の面会が許される中
帰ろうとすると
あるときは軽く手を振り
あるときは指を強く握った

言葉はどこに行ってしまったのだろう
母の代わりに私の脳は考えていた
母はどうしたいのだろう

だが母の言いたいことを
自分のことのように感じることには
見えない一線があった

妹は
母の短い遺言のようなメモを見つけ出した
預かったまま忘れていたそうだ

そこにはこう書いてあった

「病気で死んだ時
あまりアパートの人にめいわくがかからない
ようにしてくださいね。

あとで手紙か葉書き　出してね。（義行へ）

陽子へ　義行の事、少しは　たのむよ。
仲良くしてね。

家、アパートではなく　サイ場で
家族ですばやくおわらせてくださいね。
（義行が遠い所なら　知らせるだけで
わざわざよばなくてもよいから）」

おとなになるにつれ　遠くへ行くことが多くなった私が
小学生の時に
母から聞かされたことがある

義行という名前をつけるとき、
「行という字は、言葉ではなく行動してほしいからつけた」
そのとき、占い師にこういわれた
「この子は遠くへ行ってしまう子になる」

さびしそうでもあり
しかたなさそうでもあり

遠くへ行ってほしくないというのが
母の一生の願いだったような気もして
だからわざわざよばなくてもよいなんて
書きたくなったんだろう

火葬の日までの間
だけど私は遠くへ行った
遠くから
タマシイが保存されていることを感じながら
自分らしく生きようと願ったのだ

エッセイ

褒め言葉は「よかったね」

褒められた記憶がない。昔の親はあまり子を褒めなかったというけれど。誰かに褒められたい、といつも思っていた。

小学一年のとき、周りに馴染めない私は、その日も、休み時間に校庭に出ることなく、教科書を読んでいた。担任の土屋先生が近づいてきて「勉強してるの？　えらいね」と言って褒めてくれた。それは狙い通りだった。

家で褒めてもらえない私は、外で褒めてもらうことを狙っていたのだ。親に褒められた記憶は、人生を振り返っても二回だけだ。それは意外にも父の言葉で、そのうち一回は伝聞だった。

褒めてくれない母だったが、面倒はよく見てくれた。もし面倒を見てくれなかったら、グレていたかもしれない。といっても、私は物心ついた頃には、人を遠目に眺める、ひねた少年だった。

四歳の頃、幼稚園の盆踊り大会で、楽しげに踊る人を見ながら、そこに交わらなければならない厄介さに怯えて、私は母のうしろに隠れて浴衣の裾にしがみついていた。それは原風景だ。

母は私を扱うのに相当苦労しただろう。ただ、私を「おだてて言うことをきかす」ことはしなかった。たまに「よかったね」と他人事のように共感を示すだけだった。

私が変声期を迎えた秋のある日、いきつけの書店に私を連れて行った母は、おもむろにトルストイの本を買い、私に見せて、「これを読んでみな」と手渡そうとした。私はすぐさま本能的にそれを拒否した。唐突だったし、なぜかとても恥ずかしかった。母と私はそういう関係ではない、と必死に打ち消そうとした。今思えば、反抗期の始まりだった。

その少し前のことだった。母の母、つまりおばあちゃんが、私にこんなことを言った。「ママを大事にね。ママを守ってね」。

それを言う時のおばあちゃんは、妙に神妙だった。私はこんなに自信がないまま、大人になって、母を守らなければいけないのか。守りたい気持ちがあっても、この世の中で厄介な人々や理不尽な問題から、どう守っていけばいいのか。そんなことができるのか。不安な気持ちが押し寄せた。

そのとき私は「うん」と頷くのがやっとだったが、母は祖母に大事にされているんだな、と思うと、すこし嬉しく、安心して、でも、そのためには孫さえも利用するんだ、すごいな、と思った。

母は周囲から大事にされ、自分らしく生きたと思う。自分らしく生きることに遠慮はなかったようだ。寝たきりになり、衰弱していく過程でも、人生を総括することもなく、うろたえたり悲しみを示すことも、気がかりなことを話すこともなく、涙を落とすこともなかった。ほとんど喋れなくなり、体も利かず、思い通りいかないことにいらだち、どこにそんな力があったのか、轟くような大声で、「バカ〜！」と叫ぶだけだった。

「バカ〜！」は、上品であることを信条とした母が死を前に見せた意外な一面だった。母自身も驚いていたかもしれないが、私はなぜか救われる気分だった。

親不孝

母に癌が見つかり、手術をすることになった。私は一度も見舞いに行かなかった。ずいぶん経ってからそのことを詫びると「そうだったかしら」と涼しい声で言われて、唖然としたのだった。

私は、二〇〇八年に、それまでやってきた会社を潰してしまい、銀行の抵当になっていた自宅と土地は銀行のものになった。母が広告の裏に間取りをせっせと描いてやっと建てた家。長年住み慣れて、春には水仙が咲く庭。花壇には色とりどりのチューリップや名も知らぬ花。一生住むつもりでいただろう。

そこを退去し、取り壊されたときも、私は自宅や家族を顧みず、母も、何も要求してこなかった。

二〇〇八年の六月に父が逝き、母は一人で暮らすことになった。

母と会わない（会えない）ことが、さびしいことだと気がついたのは、母が亡くなってからだ。パーキンソン病を発症し、ディサービスで大腿骨を骨折。感染症が流行しているせいで、面会ができない入院が続いた。

いつしか母は電話する元気もなくなり、誤嚥性の肺炎を繰り返し、物を食べることはおろか、自分の唾さえ飲むことができなくなった。延命処置をすべきかどうか決めるべき時がきた。母は延命を希望していなかった。


母が一人暮らしになってから、私は月に一、二度は会いに行くようになった。そして旅行には何度も連れ出した。北海道、沖縄、九州、長野、山梨……。会話が少ない母とは旅行するのがちょうどよかった。

伊豆半島の先端にある温泉にも行った。中央道から西湖や箱根を経由して、富士山の絶景を眺めながらの長いドライブ。海が見たいというので、これでもかというほど海に突き出た、視界はすべて海という宿だった。それが最後の旅行だった。

母は最後の言葉を言わなかった。何か言おうと試みたようだったが、聞き取ることはできなかった。それは私に、母と自分の一生や命というものを、時間をかけて考える機会を与えてくれた。母が入退院を繰り返し始めて約一年、闘病する姿を見ながら、私は今までにないことを感じ、考えられなかったことを考えた。母は自分の姿をもって、生きることそのものを私に問いかけていたのかも知れない。

病院から運び出される時、先生やスタッフの人が出てきて、ストレッチャーに乗せられた母に頭を下げてお別れをしてくれた。

私はそれを少し遠くから見ていた。

先に自宅へ向かうために、駐車場の車に乗り込んで、エンジンを掛けていたのである。

馴れ初めと謎

父と母がどうして結婚したのか、それは謎だ。

母は東京・吉祥寺に生まれ、しつけに厳しい両親のもとで、私立の女子高（三輪田学園）を卒業し、生命保険会社に勤め、二十一歳のときに見合いして父と結婚した。学生時代は創作ダンスに熱中し地元のダンス教室に通い、師範の資格まで得た。絵や工作も好きで、晩年は書道を学び始め、妹は創作ダンス、私はピアノや歌（松田敏江先生）などの習い事に通わされた。

父は、大分県から出てきた父親と群馬県出身の母親のもと、東京・中野で育ち、近所の人の紹介で、母と見合いをしたわけだが、どうもトントン拍子に結婚してしまったようで、馴れ初めの話は（あまりないのか）、ついに聞き出せなかった。父と母が結婚を決断した理由は、ただ流れにのっただけで、積極的な意志が働いたわけではなさそうだ。結婚した後に結婚の理由がはっきりしてくるというような、感情や意志はあとから芽生えてくる状態だったと想像する。その時代には、よくある結婚の形だったのだろう。

ところが、母の死を前にして思いを巡らせてみると、どうも母の策略が成功したように思える。流されたのは威張っていた父の方で、母の方は虎視眈々と獲物を得て、しかも相手には自分が獲物をゲットしたのだと信じ込ませたのではないか。

母の人生の組み立て方や、生きたいように生きる姿勢は、死を前にして極まり、二人の子を手玉に取り、生活費や遊興費を自分の蓄えで払い、お小遣いまで振る舞うという余裕綽々。寝たきりになりながら自立し、惨めさを微塵も見せずに最期の時を迎えた。父の最期と比べると（父は未練と無念を滲ませて悩みを抱えていたので）、その差が歴然とわかる。

母は父をコントロールし、お金という愛情を十分に貢がせ、父は母を従えて内助の功を得た。双方とも幸せだったのではないだろうか。

妹を見ていると、素直に育った彼女は、父と母の良き作品だと思えてくる。出来損ないの自分だけでなくてよかった、と七つ下の妹の家族を眺めて思う。父と母の幸せをきっちり証明しているではないか。

私は少し複雑な気分になる。親をのりこえることは一生できないという気持ちになるのだ。

お悔やみ

友人の田原さんと話しているとき、ほぼ同時期に亡くなった母親を追悼する小さな本を作ろう、ということになった。田原さんの両親とは来日の際、お会いしたことがある。

「詩、五篇くらいあるでしょ?」との問いに「あるかなあ」と答えたのだが、集めてみたら十篇あった。

追悼、という言葉は今まですんざん目にしてきたが、あらためて向き合ってみると深く考えたことがなかったことに気づいた。

母の死後、「お悔やみを申し上げます」とよく声をかけられ、気遣いをありがたく思ったが、同時に、違和感を覚えた。死を「悔やむこと」と決めつけたくなかったからなのか、悔やむことから逃げたかったからなのか。

リハビリが無理だと判断してからは、苦しみのない最期を望んでいた。そのため療養病院に転院し治療のない静かな日々を送っていたのだが、母が死を迎えた時、私に達成感のようなものが去来した。ともに戦った日々であったことを思いだして。

病んだ身体から抜け出したタマシイは、きっと楽チンになって、いい気分で、今まで見なかった景色を見ているのではないか。

会いたかった人に、この世とあの世の区別なく、再会したり、残した子供や孫を導こうと、さっそく作戦を練っているのかもしれない。

花に満たされ、お棺ごと焼かれて、お盆の上に出てきた骨を係員の説明で確かめても、もうそこには母はおらず、どこからか高みの見物をしているのではないかという気配がした。

母の死後、見守ることから解き放たれた私は、屍を置き去りにして予定通りの出張をこなし、きれいな空気を吸い、美しい山と湖を見た。

火葬が済んで、妹から母の日記の一部を撮影したメールが届いた。そこには、「葬式はかんたんにすませ」「義行は遠くにいたら呼ばなくてもいい」と書かれていた。

まじめな母のブラックジョークなのか。

母は私の漂泊癖を「おもしろい」と感じ、支持してくれていたのかもしれない。

母を悼む

田原（ティエン・ユアン）

夢

これまで
母が死んだ夢を四回見た
あるときは
大きなカラスが庭の木に飛んできて
しきりに鳴いた
夢の中
何回も悲しくてしゃくり上げていた
目が覚めたら
母は元気だった

昨晩、また母の夢を見た
いつもより
母は元気にしていた
おいしい田舎料理をいっぱい作って
食卓から
私の幼名を呼んだ
夢の中
母の料理を食べ過ぎて
苦しくて目が覚めた

おととい　一月十二日
北京時間九時五十七分
兄弟たちに看取られるなか

母は静かに息を引き取った
毛沢東と同じ八十三歳だった

母と日本

日中戦争が始まった年に生まれた母は
数年前、父と一緒に
海を渡って私のところへやってきた
一か月滞在した日本は
母にとって
初めての外国だった

仕事のない日に
富士山、松島、温泉などへ

連れていった
母は遊覧船に乗ったとき
初めての海にびくびくしながらも
楽しそうにカモメに餌を与えていた

いろんな料理屋を巡ったが
母にとって
懐石料理、イタリアン、フランス料理よりも
中華が一番だった
高級のフカヒレより
狭くて安い中華料理店のほうが
ずっとおいしいと言った

旅行中のある日

母は小さな声で
今の日本人は人種が変わったの
昔見た映画の日本人と大分違うね
と言った

半日デパートを回って
母のために服を買ってあげた
母が好きな花模様の服を何着も買った
翌日、新しい服を着た母は
とても綺麗だった

帰国の前日
母はこう呟いた
日本は全部気に入ったけど

おまえがそばにいないと
皆の会話が
宇宙語のように聞こえたよ
学校に行かなかった母は
日本で出会った漢字も
読めなかった

母が来ている間
日本は真冬だったが
春のように
暖かかった

ごめんなさい

病床でのテレビ電話で
おまえに会いたいと言ったのに
帰ってあげられなかった

体調がよくなったら
また日本に会いに行きたいと言ったのに
もう二度と成田空港で
あなたを迎えることができない

韓国産人参エキスや日本産ロイヤルゼリー
そしてあなたが好きなマフラーを
手渡せなかった

あなたが実家で息を引き取る前日
あなたはどうしても病院から帰宅したかった
弟からの電話を聞いて
私は反対してしまった

一生質素な暮らしをしてきたあなたには
贅沢な「服」を着てもらいたくて
一番高価なマホガニーの棺を買ってもらった

いつかコロナが収まったら

あなたのお墓の前で
看取れなかったこと
霊柩に付き添い葬送してあげられなかったことに
ひざまずいて許しを乞いたい
ごめんなさい！

私たちを隔てている海は私の涙では溢れないが
その涙で目がかすんだなか
地球上でただ一人のあなたが私を産んでくれたことを
誇りに思っている
お母さん、謝謝《しぇしぇ》！
そして、請《ちぃん》原《ゆぁん》 諒《りぁん》！

母の葬儀

お昼過ぎに母の葬儀は始まった
母はそれまで実家の真ん中の部屋で三日間眠っていた
その間、お通夜をする若い男が十数人ほど付き添っていた
大勢の村の人と遠い親戚が弔問にきて
横たわった母のそばでひざまずいて大声で泣いた

赤色のマホガニーの棺が小さなタイヤに載せられて戸口まで運ばれて
　きた
棺の上にブルーのテントが張られているのは母が日光に晒されないよ

うにするためだ
納棺が始まった
三つの葬式楽隊のチャルメラと笙が吹かれ、銅鑼と太鼓も叩かれ、拍
子木が打ち鳴らされた
納棺師が忙しそうに棺の中に硬貨らしいものを綺麗に並べ
土を篩にかけて少し撒いて、敷布団を敷いた
部屋の中で皆が一斉に泣きながら母に呼び掛けた
六人の男が二人一組で一本ずつ白い布紐で、母の足、腰、肩を持ち上
げ
長男である兄の右手は薄い紙銭で母の顔を覆い、左手には母の後頭部
を載せ
七人で棺に運んだ
赤い服を着せられ、黒い靴を履いた母は花嫁姿のようだった

棺に入って暖かそうな掛け布団をかけられた母はまるで熟睡する人
だった
白い喪服を着た大勢の人が棺の後ろにひざまずいて泣いた
庭の外で爆竹を鳴らしている
十数人の男が力を合わせ重たい棺の蓋を何とか持ち上げて閉めた
私より一歳年上の近所の男が金槌を持って、両端の曲がった四つの大
釘を左右に二つずつ蓋に打ち込み、棺を閉じた

棺は庭の入り口まで移動した
結婚したばかりの甥が母の遺影を持ってその傍らに立った
喪服を着た大勢の人が棺の前に集まって、ひざまずいた
三つの葬式楽隊が棺の前で、順序に従って懸命に吹いたり叩いたりし
ていた
続いて告別式が行われた

村のおじいさんがマイクの前で紙を両手に持って読み上げた

郭秋娥、一九三七年郭湾村に生まれ、享年八十三歳。十七歳の時に李紀崗村に来て、同い年で大学一年生の李治業（父の養子名）と結婚した。日中戦争、国共内戦、文化大革命などの時代を歩んできた。一九五九年から一九六一年までの三年大飢饉に見舞われても生き残った。改革開放政策以後、都会に引っ越して、やっと幸せになった。大勢の子ども、孫、曾孫に恵まれた。その中には博士、大学教授になった人も何人かいた……

弔問者の名前が呼ばれて、一人一人が棺の前で三回叩頭した

それから三十分弱かけて、トラックが棺を墓地に運んだ
墓地は二週間前に、兄たちが地相占い師に頼んで選んでもらっていた

すぐ南は東へ流れる小川、田野の真ん中の墓は私の記憶の地平線の起点となった
小川の向こう側の共同墓地に合葬されたおじいさんとおばあさんがいる
親孝行で知られた母は川を隔てておじいさんおばあさんを眺めることができる

深さ二メートルの墓穴は母の実家の男たちの指示によって掘られた
固い黒土が出てきたので、そこを墓の底にした
「銅板」と言われて縁起がいいらしい
喪服を着た大勢の人が墓穴の周りにひざまずいて見守った
一トン余りの棺はクレーン車に吊るされて
ゆっくりゆっくり墓穴に下ろされた
爆竹がまた鳴った

棺は頭を北、足を南の向きに置かれた
最後に棺の上に紙銭を折ったようなものが土くれで押さえられている

泣き声の中で、十数人の男がシャベルで土を戻し始めた
喪服の人たちは母に言葉を送りながら、順番にバケツに用意した小麦
　粉の粥を柄杓で土にかけていった
あっという間に、小さな土山が大地の上に盛り上がった
その時、夕日が沈もうとしていた
墓は赤く染まり、田野に炎のように燃え始めた

さよなら

悲しみというより一つの結果なのだ
誰もが避けられないこと

言葉というより現実なのだ
さよならはあらゆる命から切り離せない

必然の内なる偶然
偶然に潜む必然

生まれると同時に背負う宿命
魂の淵に湧き出る情緒

逝く人はどんなに遠くに行っても
残る人の心の奥に

流れる川は雪山と別れてきたのか
萎む花は季節から去るのではない

待つものではなく
思いがけずやってくるものだ

来るときは音もなく、行くときは影も残さない
面影だけが悲しい記憶に刻まれている

あの世は最後の落ち着き場所なのだろうか
それゆえ、いつも人間を待ち続けている

ひと筋の煙、あるいは小さな土山になる
さよならは人間を天と地に繋ぐのだ

かなしみ

海の海の向こうに
涙の涙の奥に
白い喪服の列が続いている

庭の枯れ木の枝に
屋根の瓦の上に
見えない寒気が流れている

馬車は棺を載せ道は痛ましく

道は地平線を分断して墓まで延びている
眩しい日差しに暖かさはない

凍っていない小川の流れは
死に水のように止まり
西風は雲を空の彼方へ追い払った
そこはあの世かほかの星か

鳥の姿はなかった
終わらない泣き声にびっくりしたか
花輪は土山で満開
それは母の最後の笑顔

母の実家

母の実家は
二キロほど西北に行った高台にある

小さいころ、何度も外婆《そば》に会いに行った
外婆の村に入るために、いつも
そのきつい急な坂を上がらなければならない
登り切れば
大きな十数本の柿の木が迎えてくれ
その下でかならず一休みした

どんな季節も、鳥たちが
枝で囀っている
鳥の巣という空中の家は
風に揺れても落ちない
秋には、たまに
落ちてきた甘い柿を食べることがある

柿の木の北三〇〇メートルに
麦藁葺きの家々が並んでいる
母の実家は夏しか流れない小さな谷川のすぐそばにあって
屋敷が広く、庭に棗《なつめ》の木が数本あった
庭に出るドアは東向き、建物は三棟
庭で近所の子供とよく遊んでいた

母は東側の建物で生まれたらしい
まだ物心がつかないころ
薬屋を営む外公《そふ》は亡くなった
若かった纏足の外婆は再婚せず
息子がいなかったため、養子を迎えたが
その養子夫婦は相次いで亡くなった
その後、養子の息子が外婆の世話をした
あまり面倒を見てもらえなかった外婆は
亡くなるまでその建物から出ることがなかった

外婆がいない母の実家の空は穴が空いたようになった
壊され平地になってしまった
その後、私の夢に何回も現れたが

蜃気楼のようにすぐ消えた

いつの日のことだったか、柿の木は伐採されてしまった
それは今になっても、シンボルのように
母の実家に生きていて
私の記憶の奥に聳えている

神の木

母が教えてくれた
神の木のことを

神の木は私が生まれる前から
村の一番西の道端に立っていた
その道は大昔からあったらしく
後漢の許慎がそこを通って洛陽に赴任したという
宋兵と金兵が戦ったときも、通り道になった

樹齢が分からない神の木は
七、八人が手をつないでも囲めない太さ
雲に届くほどの高さ
夕方になると、多くの鳥が
飛んできて大合唱してから静かに眠る
夏には、茂る枝葉の下で
涼む人と雨宿りする人がよく見られた
木の芯が空洞化していたのか
大きな蛇がその中で冬眠し
イタチなどの動物も潜っていただろう
風が吹くといつも
幹から不思議な音が聞こえた

ちょうどその南北路のど真ん中に

神の木は位置していた
昔から道を補修するとき
神の木のため
大きくカーブさせていた

母の話によると
干ばつのとき、木の下で雨乞いをすれば
かならず雨が降ってきた
洪水はいつも隣の村までだった
神の木の下へはやってこなかった

だが文革が始まったころ
新しく任命された若い村長が
道を真っすぐにするよう指示して

十数人の男が三日間かけて神の木を伐採した
道が真っすぐになる直前
三人の男が突然死
村長もその数日後
朝起きたら両目が失明していた

真っすぐになった道は
一年二年経つと
あの場所がしばしば凹んで水たまりになった
かなりの人がそこで事故に遭った
いまになっても
その話を耳にすることがある

神の木はいまどこにあるか

教えてくれる人はもういない
きっと枝葉が生い茂って
神の果実をいっぱい実らせているだろう
生きとし生けるものと多くの魂を見守っているだろう
あの世の人となったばかりの母のことも
見守ってくれているに違いない

字の読めない母

一人海外で長く暮らすと
最も恋しくなるのはやはり母だった
毎年はるばる海を越えて家に帰ったのは
母の前でお母さんと呼ぶためだった

還暦を過ぎた母は
総入れ歯になった
顔に皺が出てきて
鬢《びん》も白くなった

母は十七歳のとき
遠い親戚の紹介で父と結婚
二人は苦労して
五人の子どもを育てた

母は臨潁県の郭湾村に生まれた
五歳のときにアヘンを吸う私のお爺さんが病死した
母の妹を身ごもる私のお婆さんは
母を学校にやるだけのゆとりがなく
母はいまも自分の名前を書けない

私が生まれた後、母は何回も父と喧嘩した
往来でつかみ合いの喧嘩もした

母は十人の子どもを産んだ
半分は元気に育ち、半分は地下に眠っている
苦難の世の中にも、母は頑張り続けた

麦畑で鎌を振るう母
トウモロコシを載せたリヤカーを引く母
家で休む間もなく家事をする母
父の両親の前で恭しい母
叩いた手で私たちの涙を拭く母
誕生日の日にひそかに私のカバンにゆで卵を入れる母
字の読めない母は勉強にはうるさかった

のちに、母は農村から都会に引っ越した
美しい河の岸辺に住み

今年の村の収穫はどうだろうとよく口にした
墓参りすべき日をよく覚えていた
たまにテレビの前でまた嘘を言ってるねと嘆いた

子どもは母から生まれ落ちた歯である
大地に芽を出し大きく成長する
子どもの立身出世を願う母は
もう年老いた

この世とあの世

この世は
現世一つだけなのに
あの世には
天国と地獄の二つがありそうだ

地球大のこの世は
広くて来歴が古い
天体すべてであるあの世は
もっと広くて古いだろう

この世は若し行きたければ
どんなところでも行ける
あの世に行っても
必ずしも天国に行けるとは限らない

天上にあるあの世は
理想郷なのだろうか
生きたまま行き来できれば
天国も地獄も見学してみたい

あの世は国と国、人と人の争いがない
銃、ミサイル、暗殺、核実験、差別もない
貨幣、パン、携帯、車、Wi-Fiなどがなくても

皆が無欲で平等に楽しく生きていると
いろんな経典に書かれている

それは本当だろうか
仏、イエス、ムハンマド、死神に尋ねても
皆無言のまま
何でも答えてくれた母は先月あの世に行ってしまい
もう戻ってこない

宇宙は命と魂を繋ぎ
現世と来世を包んで
地球とほかの星とともに
ひっきりなしに回って輪廻している

魂の落ち着き場所として
誰もがあの世に行くことに決まっている
天国と地獄の境目を知るために
この世に逗留している間
何にも残さずに

エッセイ

お婆さんのこと

お婆さんは私の家から東に六キロ離れた洪山廟という村に生まれた。姉が一人、弟が一人いたらしい。お婆さんが亡くなるまで、私はその姉に会った記憶がなく、よく会っていたのはお婆さんが自慢する背が高いハンサムな弟の方だった。

お婆さんが亡くなって墓碑を建てたとき、初めてお婆さんの名前を知った。

「魯倹妮」という。毛沢東世代の人にしてはかなりおしゃれな名前だと思う。

洪山廟はもともと魯湾村と言われていた。お婆さんの話によると、大昔に魯という一族で一つの村ができた。その後、洪山という名前の作男が魯湾村にやってきて、農家の仕事に詳しく、よく働き、農作物の収穫が倍増したことで、皆の生活が豊かになった。彼が死んだあと、記念するため洪山廟を建てて、のちに村の名前もそう変えた。

お婆さんとお爺さんの間に娘一人が生まれたが、六歳のときに夭折したという。その後、子どもが出来なくて、遠い親戚の三歳の息子を養子にした。その養子がのちに私の父となった。

九歳までずっとお婆さんとお爺さんの布団で寝ていた私は、まるで影のようにいつも一緒だった。お婆さんはどこに行ってもかならず私の手を引いて連れていった。印象に残っているのは、小学二年生の初夏に、蒸したての肉まんがいっぱい入った手提げ籠を提げたお婆さんと一緒に実家に行ったこと。お婆さんは纏足なのに、歩くのは私よりずっと早かった。

何歳だっただろう、巫女のお婆さんが神の化身になったのを初めて見たときは怖かった。始める前にはかならず家のドアを閉めた。というのも当時は迷信活動が禁止されていた時代だったから。それから暗い蝋燭の光の中で、神がかりになって何やら鼻の中で歌いながら踊り始めた。病気の子どもの頭を撫で、自分の頭をゆっくり回しながら、子どもの顔に向けて息を軽く吹きかけた。いつも大体同じパターン。それを何回も見ていくうちに、だんだん滑稽に感じられ、ときに我慢できないほど笑ってしまった。そんなとき、お爺さんは私を外に連れ出して、小さな声で「笑い声を立てると、神が天に帰ってしまうぞ」と。終わるたびにお婆さんは汗まみれの下着を取り替えて、洗面器に入れて翌日に洗濯。たまにしか神の化身にならなかったお婆さんは、その行為で近所の子どもの病気を何度も治した。

いまもはっきり覚えているが、私と同じベッドで寝ていたお婆さんは、ベッドで逆向きに寝ていたお爺さんが亡くなったことに気づかなかった。それに対してあまり驚いていなかったらしく、悲しみも見せず、「先に逝ったのに一言もないなんてね、この人ったら」と淡々と話した。その冬は私の記憶の奥で最も寒く、いまになってもその冬の雪が溶けることなく、絶望の極みだった。お爺さんが亡くなって一か月足らず、ある日の朝、ベッドにいたお婆さんはあなたのお父さんを呼んできてと言った。そして父の前で、「もう神のお告げを受けたから、経帷子を頼むよ、今日の正午過ぎたら私は行くよ」と。家族にとって青天の霹靂だったが、その日の十二時半過ぎ、客間の真ん中の床に厚く積まれた麦藁の上の布団に横になったお婆さんは、長い息を数回繰り返したあと、静かに息を引き取った。

母のこと

学校に行ってない母だったが、気が強い人だった。

だが、父の養父母には絶対服従で、逆らうことが一度もなかった。このことについて、数年前に母が日本に来たときに聞いたことがある。母は「あんたの巫女のお婆さんは半分神半分人間のようだったし、心がきれいでやさしくて欠点のない人だったからだよ」と答えた。

父は、台湾に親類があるということで、私が生まれる前に、大学から下放させられ、田舎で農民生活を始めた。そのころの母は恥を堪え忍ばなければならない時期で、たいへんだったようだ。それが原因で私と兄は七歳離れてしまったのだろうし、そのころに、畑仕事がなかなか身につかない父と何回も喧嘩したそうだ。

私が小さいころ、母は辛酸を舐めつくしたと言えるほど苦労したと思う。畑のきつい労働をした後、一家九人の食事を作って、犬猫と鶏の世話もしなければならなかった。母がゆっくり休んだ姿を見たことはなかった。私の記憶では、母はほとんど病気になったこともなく、いつも元気だった。

お婆ちゃんっ子だった私は、母と触れ合う時間が少なく、母との接点が一番多かったのは、お正月になる直前だった。私は次男なので、母は何でも私にやらせた。田舎の伝統習慣では長男に家事をさせないのだった。高校に入るまで、毎年いつもの如く、お正月前の数日間、私はかならず台所でかまどの火を焚いたり、ギョーザの餡《あん》を刻んだりしなければならなかった。ぐずぐずぶつぶつ文句を言いながら、何でもかんでも母を手伝った。ときに、仲間たちが遊んでいる爆竹の音が外から聞こえてくると、本当に孫悟空のように、何人もの自分になって、いろいろのことをやれるようになりたかった。毎年の正月前の「屈辱感」のおかげで、私はいま、自炊に困らないほど料理が作れるようになった。

大学二年生の夏休み、事前に連絡もせず、初めて付き合った彼女を実家に連れて帰った。初対面だった母はびっくりしたが、嬉しそうに接してくれた。おいしい手料理をいっぱい作ってもてなした。自分の娘のように彼女にやさしかった。最初の晩御飯の後、母から、話があるからと小さな声で部屋に呼ばれた。するといきなり真面目な表情で、今晩どうするのと言った。どうするのってどういうことと聞き返したら、二人はどうやって寝るの、と母。一緒に寝るよ、と私の答え。それは駄目だよ、別々の部屋で寝なさい。結婚してないのに家門の恥になるようなことはよくないだろうと言い張った。困ったなと思って、彼女にそう話をしたら、じゃ、私がお母さんにお願いしてみるねと彼女。結局母は許してくれた。その翌日朝、朝寝坊した彼女をベッドに残して私が起きて、客間で母に会ったら、母は何も言わずにいきなり私のお尻をつねった。怒った表情ではなかった。

その彼女はいまロンドンに住んでいて、親しい友人として今も付き合っている。母が亡くなった直後、そのことを携帯メールで伝えると、すぐ国際電話をかけてきてくれて、悲しんで、ご冥福をお祈り申し上げますと言った。

幼いころの家

物心がつく前、私はお婆さんと一緒に寝ていたらしい。

幼いころに住んでいた家は母屋と離れの二棟があって、両方とも平屋で壁の下三分の一はレンガ、上の部分は土の麦藁葺きだった。母屋は来客を迎えるにも六、七人しか座れない狭い客間に、二、三メートルの細長い机が入口真正面の壁に沿って置かれている。その上にいろんな古そうな壺、皿、磁器が並べられ、印象深かったのは二つの陶器製の円柱形の帽子掛けだった。それが机の両端に飾られていて、それぞれの違った花模様の色彩が鮮やかに見えた。その真ん中に夜の照明用の石油ランプとひと箱のマッチもあった。細長い机の下の真ん中に、三つの抽斗が付いた四角の黒い机があって、私がよく宿題をする場所だった。その上の壁に大きな水墨画の掛け軸が掛けられていて、画面に聳え立つ緑の松の木の下に、二羽の鶴がいつも同じ姿勢で佇んでいた。絵の両側は縁起のいい対句の対聯で飾られ、その赤い紙の色は識別できないほど色褪せていた。父の養父母は客間の東隣の奥の部屋に住んでいた。私は小学二年生の終わるころまで、その部屋にある大きい楡のベッドでお婆さんと一緒に寝ていた。客間と祖父母の寝室の間に簡易な高粱の茎で造った壁を隔てて、その下に竹製の寝台がくっついていた。父母が住む離れの北の壁と祖父母の寝る部屋の壁の間には、大人一人しか通れない隙間があって、そこは陽の当たらない永久にじめじめした場所で、冬の夜など、いつもドアの内側に立って、隙間に向かっておしっこをした。夏も我慢できないとき、よくそうした。蒸し暑い日に、そのおしっこの臭い匂いが充満してよく客間に漂ってきた。そんな時、お爺さんはかならずバケツに水を汲んできて流した。その隙間は私のおしっこの川だと、お婆さんがよく言った。離れは父母の寝室以外に、もっと広い部屋がもう一つあって、それは倉庫として使われていて、冬の燃料や農具などがいっぱい積んであった。倉庫の入り口のところに、お爺さんが中国解放以前に使っていた一台の機織り機が大事に保管されていた。トイレは離れの一番南の端にあった。

庭はお尻の広さほど狭く、その狭い庭に二本の棗《なつめ》の木があった。一本は庭のど真ん中にあり、大人の太ももより太く、離れの屋根の方向に自然に曲がっていた。もう一本は腕ほど細く、離れの向かいの小さな台所のすぐ隣にあった。秋になると、二本ともおいしい甘い実をたわわに実らせた。

お爺さんもお婆さんも学校に行っていないが、二人ともとても愛し合っていた。私の記憶の中の二人は口論したことがなく、近所の人との争いも一度もなかった。村で評判のやさしいおしどり夫婦だった。お爺さんは若いときから、自ら布を織る技術を覚え、タオル、ハンカチ、枕カバーなどの織物を作り始め、のちに四台の機織り機を持つまでになり、小さな工房を所有する中産階級になった。解放後の土地改革政策によって三台の機織り機が政府に没収された。勤勉な人で、よく徹夜で仕事をしていたと、たびたびお婆さんから聞いた。お婆さんは纏足の世代だが、目が大きく、肌が白く美人だった。私は物心がついてないときから、毎晩お婆さんの干からびた乳房を掴まないと寝なかったそうだ。冬になると、私はお婆さんに「小さいストーブ」と言われ、毎晩いつも早くベッドに入って、お婆さんのために掛け布団を暖めた。小学五年生のお正月、できたばかりの熱々の餃子を祖父母の寝室に持っていったら、お爺さんは起きなかった、父は慌てて村の「赤脚《はだし》の医者」を呼んできた。お爺さんの脈をとって、聴診器を胸に当てた医者は、「葬儀の支度をしたほうがいい」と言って帰っていった。一か月もしないうちに、亡くなったお爺さんに呼ばれたかのように、お婆さんも亡くなった。二人が相次いで居なくなったとき、空が落ちて来たように私の世界は崩壊してしまった。その喪失感と不安は相当長い間続いた。いま振り返ってみると、字の読めない心のやさしい祖父母は、私の人間形成の原点となり、その家は私にとって永遠に失われることのない原風景である。少年時代に祖父母がいなければ、今の私はまったく違う人生になっていたかもしれない。

橋と宝剣

我が家は枯れた川の上流だったところにある。

この川はとうの昔から水が流れていなかったらしく、いつから川床が畑になったか誰も知らない。

下流に位置する、東へ三キロメートルのところに、橋の名前から生まれた小商橋という田舎町がある。いろいろな店、料理屋、床屋などが並んでいて、通りには人々が行き交ってたいへんにぎやかだ。周り数キロ内の村の住民にとって、買い物には欠かせない場所である。

川は小商川といい、隋の時代にできた川で、千数百年の歴史がある。

ある説では、この川は巨大なスッポンの精霊が頭で掘ったともいう。

小商橋もそのときに造られたと言われている。宋と清の時代に修繕されたことがあって、いまもたくましい姿で川に架かっている。

橋は二つの県をつなぐ境界だ。

橋の全長は二十メートルあまり、橋脚と胴体はすべて緻密に石の組み合わせによってできていて、二四ずつの石像の獅子が橋の両端を守っている。伝説によると、南端にある東側の獅子の口に宝剣が刺し込んであったという。獅子のすぐそばに小さな石碑が建てられて、そこに彫られた碑文は「宝剣を引き抜くには、三〇〇人の生首が必要」という言葉だった。

小商橋は有名な合戦場だったところであり、南下してきた金軍が宋の岳飛に大敗して、数千人が戦死した場所でもあった。

子どもの時に、何度もおじいさんに聞いたが、一十年あまり、その宝剣を引き抜く人はいなかった。

けれども、ある日、袈裟を掛けた訛りのきつい南方系のお坊さんがやってきて、碑の前にたたずんで碑文を黙読したあと、何も言わず、ひざまずいて、地に頭を打ちつける礼を三〇〇回繰り返した。

そうして、やすやすと宝剣を引き抜くと、人の群れから姿を消した。

坊さんは遥か遠い南方の森の奥にあったお寺の住職だそうだ。

私は小学生のころ、一度確かめに行ったことがある。たしかにその獅子の口には宝剣を刺し込んだような穴が残っている。

最近になって、小商橋は国の重要文化財に指定された。

碑文はもう風化して、字が見えなくなっている。

この伝説は、いまも小商橋周辺の人々の間で生き生きと語り継がれている。

隣のおばさん

隣のおばさんがお嫁に来たのは、私がまだ物心のついていないころだったそうだ。

痩せ細って背が高く、顔は頬骨が張っていて、やさしいまなざしをしていた。

彼女は私の家から三千キロ離れたシーサンパンナ、タイ族の村の出身で、隣村の退役した軍人さんが連れて来たお嫁さんだった。言葉が通じないという理由で、元軍人さんのお母さんに気にいられなくて捨てられたという。

あちこち歩いて物乞いをするよりも、誰かと一緒になれば生活できるからと勧められて、貧乏のせいもあって、ずっと独身だった隣の年配のおじさんと結婚した。それを知ったのは私がかなり大きくなってからだった。

私が小学校に入ったころ、二人の間に女の子が生まれた。それからよく耳に聞こえてきたのは子どもの泣き声ではなく、殴る音と罵る声だった。

おばさんが殴られるところを何度も見た。怖かった。ほうき、ベルト、木の枝など、いろいろなものがしょっちゅうおばさんの顔、背中に傷跡を残した。

ある日、おいしそうな匂いが漂って来ると、針仕事をしていた私のおばあさんが、またこっそりニワトリを殺して食べるんだよと言った。数か月後、おじさんが自分の庭の肥溜めの肥やしを掘り出したときに、ニワトリの毛と骨が出てきて、飼っていたニワトリがいなくなっているのに気づいて、ろくにたしかめもせず、おばさんをさんざんに殴った。

おばさんが殴られているとき泣いたことは一度もなかった。口を固くつぐみ、やさしい目はまばたきもせず、鋭い矢のように殴りかかるおじさんを射るのだった。

「なんだその目つきは！　息子も産めないくせに……」おじさんは、読み書きはできなかったが、口からは次から次へとひどい言葉が出てきた。

おばさんも読み書きができなかった。

その後、息子も生まれ、そのときから、おじさんがおばさんを殴ることも罵ることも、ほとんどなくなった。

村でおばさんの名前を呼べる人はいなかった。皆が「なまり婆」と呼んでいた。彼女の本名を知っていた人はおそらくいなかっただろう。もしかしたら旦那さんであるおじさんさえ、おばさんの本当の名前を知らなかったかも知れない。

言葉の調子はちがっていたが、おばさんが外で遊んでいる娘を呼ぶ声は、山の民が歌を歌うときのように、高い声も低い声も　美しかった。

おばさんは得意技を持っていた。村の誰かが肩や腰などが痛くなったときに、何十本もの箸をしっかり両手で握って、お経をよむようになり声をあげながら、箸の口に入れるほうで痛いところを繰り返したたいてマッサージするのだ。終わったら、握っていた箸をいきなり地面に放り出す。散らばった箸の重なりを見て、痛みのもとどれぐらいひどいかを説明してくれる。治った人もたまにいたそうだ。

私はそれを何回も見たが、いつも不思議に思った。

中学生のある日、腰が痛いと嘘を言って、おばさんに箸のマッサージをしてもらった。

そうすると、おばさんは散らばった箸を指さして、「何本かの筋が傷んでいて、血管も詰まっているのよ」と言った。その時、私は笑うのを必死で我慢していた。

おじさんがいないときに、何回もおばさんの家で話を交わした。

おばさんの言葉はなまりがひどくてわかりづらかった。

おばさんのふるさとは高原の山林にあるという。樹木に囲まれる実家は二階立ての木造で、一階は家畜を飼っていて、二階で家族全員が住んでいる。きょうだいも親戚もたくさんいて、皆が近くで暮らしている。実家の少し離れたところを流れる広い河の向こうはベトナムだという。実家ではよくキジ、イノシシ、虫、魚など、それに豊富な果物、お米と名前も知らない野菜を食べていたそうだ。

おばさんは実家のことを話すときは、とても嬉しそうで幸せそうだった。実家が恋しいのと聞くと、おばさんはしばらく黙って、それから涙の粒をボロボロ落とした。

おばさんが泣くのを見たのは初めてだった。

一度の里帰りもできず、家族とも再会できなかったおばさんを思うと、私の心は悲しく悔しい気持でいっぱいだった。当時まだ少年だった私は、「将来、給料を貰ったら、おばさんに旅費を出すから、実家に帰って家族の皆に会ってほしいな」と言った。大学三年生のとき、初めて自分の詩集で印税を貰ったときに、用意したお金をおばさんに持って行ったが、あんたはまだ学生だからと言って、受け取ってくれなかった。

その後、私は留学のために国から遠く離れて海外に暮らすことになった。

私の実家も都会に引っ越した。

たまに実家に電話をして話していると隣のおばさんの暮らしぶりが耳に入ってきた。

ある年、講義を頼まれてシーサンパンナの大学に行った。ついでにおばさんの実家を調べてみようと思った。

シーサンパンナ自治区には二つの県があって、面積はとても広い。地元の何人かの人に聞いてみたが、結局おばさんについてのてがかりは何一つ得ることができなかった。しかし村の中でおばさんの顔つきによく似た人を目にした。

九年後、帰国した私は旅費の入った封筒を持って、農村にいる隣のおばさんに会いに行った。

村はあまりにも大きく変わっていたので、大人になったおばさんの息子さんが村の入り口で私たちの車を待っていてくれた。

車に乗ったとたんに、息子さんが運転手さんに「ちょっと行ってから左の畑の方に曲がってください」と言った。
数分後、私たちは車から降りた。
息子さんが指さして言った。「おにいさん、あれがお母さんです」。
畑に盛り上がった土の山のようなお墓だった。
隣のおばさんは一か月ほど前に亡くなっていたのだった。
いまも新しく見える花輪は涙でぼやけてしまった。
白い花輪は萎まない花のように大地の上で咲いていた。

あとがき

田原（ティエン・ユアン）

今日は、母が彼岸に行ってから百日目です。私のふるさとの伝統習慣によると、百日目は最も大切な弔意を示す日であり、親戚全員が墓前にもうで、紙銭を焼くなどして供養しなければなりません。コロナ禍で依然帰国できず、悔やんでも悔やみ切れず、耐え難い思いは消えません。母が亡くなったのは事実ですが、いまになっても嘘のようで、母はもうこの世にいないのだという実感はありません。母がまだ生きていることを信じたいのです。とは言え、いつか帰国しても、もう母に会うことはできず、対面できるのは母の遺影と墓だけだと思うと、悲しみを抑えることができません。教育を受けていなかった母ですが、長寿国の平均寿命を生き、授かった十数人の、子どもと孫の中には、記者、修士、博士、教授も何人かいて、私はそんな母をずっと誇りに思っています。

彼岸はすべての生命の終点であり、平凡な人生であろうと非凡な人生であろうと、遅かれ早かれすべての人がその日に直面しなければなりません。死別は避けられない宿命であり、人が従順にならなければならない悲劇です。時が続く限り、人生はいつまでもスタート地点であり、苦しみと悲しみを恐れず、充実した毎日を精一杯生きることが、死や悲劇に立ち向かう最良の手段になるのかもしれません。

一月九日のお昼過ぎ、突然友人の松崎さんから携帯メールで「母、今亡くなりました。」という知らせを受けました。その悲しみの最中、三日後の十二日に私の母も亡くなったのでした。面識のない二人が約束したかのように天国に旅立ちました。母が亡くなった翌日、涙を流しながら、詩を書き始めました。私たち二人の母だけではなく、天下のあらゆる母に感謝します。産んでくれてありがとう。

二〇二一年四月二一日　稲毛海岸にて

松崎義行

この物語はフィクションであり、登場する人物や名称、ことがらはすべて架空のものです――小さい頃、テレビドラマを観て母に「フィクションってなに？」と訊いたことがあった。そのときから、現実の世界と別の世界があることに胸騒ぎがしていた。

思い出される思い出、書きつけられた詩や話。この本に載っていることは、すべてフィクションである、といいたくなる。知らないうちに、制作されていたフィクション。

母が日記を書いていたと遺品を整理していた妹に知らされて、手にすると、そこには私の認識とは違う世界が存在していた。

私が見て信じていたものは、逃げ水に映ったフィクションの景色だったのか。春の日に風に飛ばされ路上を横切る枯れ葉だったのか。思い出たちが手を振って「さよなら」していく。

だがそれでもいい。この世はフィクションがぶつかり合い、奏で合うドラマの舞台。そこで自分に合った役を演じよう。
愛する人を観客として、精一杯演じましょう。

田原さんに声をかけてもらわなかったら、この本は存在しなかったし、いまある自分の気持ちもなかっただろう。この本は田原さんの一言から紡がれ始めた。

読んでくれるみなさん、一人ひとりが、身近な人の死に関わる時、そこから命を引き継いて自分らしく生きていくヒントになればと願って、私はこの本と「さよなら」して、読者としてまた鑑賞します。

魂に夢と安らぎあれ！

二〇二一年梅雨待つ初夏

田原（ティエン・ユアン）

詩人、翻訳家。1965年中国河南省生まれ。91年来日留学。2003年『谷川俊太郎論』で文学博士号取得。城西国際大学で教鞭を執っている。翻訳書に中国語版『谷川俊太郎詩歌総集』ほか、『金子みすず全集』、『人間失格』、『松尾芭蕉俳句選』、『晩霞与少年 ― 高橋睦郎詩選集』などがある。2001年第1回留学生文学賞受賞。日本語詩集『こうして岸が誕生した』、『石の記憶』（第60回H氏賞）、『田原詩集』、『夢の蛇』、絵本『ねことおばあさん』（絵・くまなり、みらいパブリッシング）など。中国語圏において、上海文学賞、台湾と中国国内で翻訳賞などを受賞。

松崎義行（まつざき・よしゆき）

1964年吉祥寺生まれ。15歳の時に第一詩集『童女M－16の詩』でデビュー。ラジオ、雑誌で詩の選者を担当。著書『バスに乗ったら遠まわり』『10秒の詩――心の傷を治す本』『幸せは搾取されない』他。谷川俊太郎氏の紹介で翻訳者としての田原氏と出会い、出版PRの中国ツアーなどにも同行、親交を深めている。

詩人《しじん》と母《はは》

2021年7月21日　初版第一刷

著者　田原《ティエンユアン》
　　　松崎義行《マツザキヨシユキ》

発行人　松崎義行
発行　みらいパブリッシング
〒166-0003 東京都杉並区高円寺南4-26-12 福丸ビル6F
TEL 03-5913-8611　FAX 03-5913-8011
https://miraipub.jp　mail：info@miraipub.jp
ブックデザイン　則武弥（ペーパーバック）
発売　星雲社（共同出版社・流通責任出版社）
〒112-0005 東京都文京区水道1-3-30
TEL 03-3868-3275　FAX 03-3868-6588
印刷・製本　株式会社上野印刷所

ISBN978-4-434-29213-2 C0092